LES
CHEMINS DE FER.

SATIRE

lue à l'Athénée des arts, dans sa séance publique du 30 novembre 1846,
à l'Hôtel-de-Ville de Paris,

PAR

LE COMTE DE BORDESOULLE.

PARIS, 1847.

LES
CHEMINS DE FER.

SATIRE.

SAINT-CLOUD. — IMPRIMERIE DE BELIN-MANDAR.

LES
CHEMINS DE FER.

SATIRE

lue à l'Athénée des arts, dans sa séance publique du 30 novembre 1846,
à l'Hôtel-de-Ville de Paris,

PAR

LE COMTE DE BORDESOULLE.

PARIS, 1847.

LES CHEMINS DE FER.

Satire.

Assez d'autres iront d'une clameur banale
Saluer des vagons la marche triomphale,
Et poëtes badauds, dans un fade concert
Célébrer la vapeur et les chemins de fer.
Qu'ils livrent les produits de leur muse naïve
Aux terribles sifflets de la locomotive !
Je n'imiterai point leur langage flatteur,
Et je n'ai point d'encens pour la commune erreur.
Je ne suis pas de ceux qui se montent la tête,
Et sans voir le danger proclament la conquête.
Si j'admire un instant l'effort prodigieux
Qui, dérobant la foudre aux orages des cieux,
Mit dans la main de l'homme une arme si puissante,
Dans la main d'un pygmée une force géante,
Qui, coursier sur la terre et vaisseau sur la mer,

N'a plus qu'à prendre une aile et nous porter dans l'air.
Je frémis quand je vois cette force indocile
Toujours prête à sortir de cette main débile,
A briser tout à coup un lien impuissant
Et mugir libre et fière en un ruisseau de sang.

Pour vous lancer ainsi follement à sa suite,
Quel besoin avez-vous, messieurs, d'aller si vite?
Pour rapprocher la mort, à quoi bon tant de soin,
Et du berceau la tombe est-elle donc si loin?
Vous avez des chevaux pour dévorer l'espace.
De ces bons serviteurs dédaignez-vous la race?
— Oui, ces fougueux coursiers nous paraissent trop lents,
Et nous voulons courir comme des ouragans.
— Fort bien. Mais il est doux pourtant quand on voyage,
De reposer ses yeux sur un beau paysage,
De contempler à l'aise un coteau verdoyant,
Un tableau tour à tour ou sauvage ou riant;
De monter quelquefois à pied sur la colline
Quand au-dessous de vous la voiture chemine;
D'entendre, en se plongeant dans un heureux loisir,
Le postillon chanter et les chevaux hennir;
D'arrêter un moment l'équipage hors d'haleine
A l'ombre des forêts, au bord d'une fontaine;
Puis le soir, de trouver au village prochain
Un soupé que toujours assaisonne la faim;

De rire en écoutant la joyeuse hôtelière,
L'aubergiste conteur, la jeune chambrière;
Puis, quand vient le sommeil, d'aller chercher un lit
Que pour vous aussitôt la fatigue amollit.

Tel était autrefois le bonheur du touriste;
Il ne voyageait pas comme fait l'algébriste
Qui mesure le temps et maudit tout retard.
Qu'importe en s'amusant d'arriver un peu tard?
On ne se lasse pas d'admirer la nature.
Connaît-on en vagon cette volupté pure?
Hélas, quand le convoi fuit à toute vapeur,
La stupeur et l'ennui suivent le voyageur.
Vainement il traverse une riche contrée
Que la nature et l'homme ont à l'envi parée;
Il ne voit qu'un talus de sable jaune ou blanc,
Ou les murs d'une cave; et s'il passe en tremblant
Sur un hardi viaduc, il y passe si vite
Que les objets confus semblent prendre la fuite,
Et que son œil troublé n'aperçoit qu'un chaos
De montagnes, de bois, de prés et de coteaux.
On s'arrête. Il faut bien abreuver la chaudière,
Mais non le voyageur; et s'il met pied à terre,
Une voix lui dit « Marche » ainsi qu'au Juif errant.
Dans son cachot roulant il monte en maugréant;
Il a faim, il a soif; au lieu de pain, de bière,

Il aspire la suie et le charbon de terre.
Encor, si pour chasser ce parfum odieux
Qui brûle la narine et qui rougit les yeux ;
Si pour charmer du moins son loisir monotone,
Pour détourner l'ennui qui lui fait le teint jaune,
Il prend un bon cigare et cherche à l'allumer,
Halte-là, lui dit-on, défense de fumer !
Oui, qui porte un volcan redoute une étincelle.
Quels sont donc les plaisirs d'une marche si belle ?
Pour caresser l'oreille on a les battements
De la locomotive et ses longs sifflements
Dominés quelquefois par ce bruit de tonnerre,
Que produit la vapeur sortant de la chaudière.
Le tout accompagné des discordants propos
De huit ou dix voisins babillant sans repos.
Heureux si vous dormez malgré tout ce tapage !
Enfin, si dans le cours du rapide voyage,
Un caillou sur le rail jeté par un gamin
Ou quelqu'autre incident ne vous tue en chemin,
Vous arrivez vivant, et vous n'avez vu guères
Dans tout ce long trajet que deux embarcadères.

Est-ce là voyager ? à quoi bon tant courir ?
Savoir que l'on va vite, est-ce donc un plaisir ?
Et doit-on se mouvoir comme des chronomètres
Pour voir ce qu'en une heure on fait de kilomètres ?

Nous voulons observer. — C'est fort bien, dira-t-on,
Mais les négociants, gens d'affaire... — Est-ce donc
D'aujourd'hui seulement que l'on vend, qu'on achète,
Qu'on agiote, enfin qu'une affaire se traite ?
On savait s'enrichir comme vous autrefois,
Et l'on se ruinait plus rarement, je crois.
A des délais égaux, à la lenteur communé
Chacun était soumis, et l'on faisait fortune.
Que gagne une bourgade à son chemin de fer ?
Aujourd'hui l'on y passe, on y logeait hier.
On y laissait de l'or, elle a de la fumée.
Déjà plus d'une ville inquiète, alarmée
Se plaint... — Non ! le pays doit bientôt s'enrichir.
— Peut-être. Le pays joue avec l'avenir :
Il livre pour enjeu notre argent, notre vie :
Le destin doit juger cette grande partie ;
Mais le dé par vos mains imprudemment jeté
Roule encore incertain sur un sol agité.

Quand le réseau de fer envahira la terre,
De chaque grand pays l'inutile frontière
Laissera s'échapper des flots de citoyens,
En recevant aussi d'innombrables voisins.
Toutes les nations désormais confondues
Regretteront un jour leurs nuances perdues.
Dans un commun aspect, sous un niveau fatal

S'éteindra lentement l'esprit national.

— Qu'importe, direz-vous, s'il n'est jamais de guerres ?
Si les hommes entre eux vivent comme des frères ?
— Sans doute. Mais, hélas ! en perdant leurs couleurs
Tous ces peuples pareils deviendront-ils meilleurs ?
Non. La corruption, du sein des capitales,
Réceptacles impurs de crimes, de scandales,
Devra, suivant aussi vos faciles chemins,
Aux cœurs les plus cachés apporter ses venins,
Croyez-vous que la paix résiste à son passage ?
Du choc des passions naîtra plus d'un orage.
On peut se ressembler sans pourtant être amis,
Et l'on a vu souvent des frères ennemis !

Mais sans chercher si loin de sinistres présages,
J'admets que les humains restent à peu près sages ;
Que fera le poëte en ce bel âge d'or ?
Faudra-t-il de sa verve enfouir le trésor ?
Des usages, des mœurs tentera-t-il l'étude ?
Partout même visage et pareille attitude.
Sous le niveau commun tous les peuples égaux
Offriront en tous lieux d'uniformes tableaux,
Déjà, des niveleurs la nature est esclave,
La vapeur mugissante et l'insulte et la brave.
Cette montagne gêne, on en fait un vallon ;
Ce torrent va gémir dans un tuyau de plomb,

Un immense viaduc traversant la vallée
Arrête l'œil contrit sur une longue allée ;
Le lac est desséché, tout cède, et l'Océan
Arrête seul encor le vagon triomphant.

Les costumes, les arts, comme la perspective,
Subiront le niveau de la locomotive.
On portera partout les mêmes vêtements,
Partout s'élèveront les mêmes monuments.
L'architecte maçon abattant les tourelles
Reproduira partout de vulgaires modèles ;
Vous verrez s'écrouler sous de grossiers marteaux
L'Alcazar, l'Alhambra , Chambord et Chenonceaux.
Plus de pignons aigus, d'élégantes arcades,
Partout des toits massifs, de lourdes colonnades.
Chaque cité vous offre une même maison
Avec des murs jaunis du même badigeon.
Alors, que servira de courir jusqu'à Vienne
Pour voir nos boulevards ou le quartier Vivienne ?
D'aller chercher ailleurs Kremlin, Escurial,
Pour retrouver la Bourse ou le Palais-Royal ?
Que chanter ? que décrire ? On verra le génie
Succomber sous le poids de la monotonie.

Hélas ! n'a-t-on pas vu, pour guider la vapeur,
Un vandale obstiné, sans pitié, sans pudeur,

D'une sombre fumée obscurcissant la brise,
Avec un art cruel déshonorer Venise ?
Venise ! lieu charmant, poétique séjour,
Où tout parle de gloire et fait rêver d'amour ,
Où le marbre animé nous rend le moyen âge ,
Où l'art le plus sublime appelle notre hommage,
Où temples et palais, eaux et ciel radieux,
Tout s'unit pour séduire et le cœur et les yeux !
Noble fille des mers, vainement les orages
Luttèrent contre toi sur tes mouvantes plages ;
En vain pesa sur toi le joug des Allemands ,
En vain le temps jaloux meurtrit tes monuments,
Pauvre et déchue, hélas, tu restais belle encore ;
Oui, belle à ton déclin autant qu'à ton aurore.
On t'avait pris ton sceptre avec ta liberté ,
Mais tu régnais toujours, tu gardais ta beauté !
Ton prestige vainqueur te demeurait fidèle ,
Ta grâce ravissait et semblait immortelle...
L'implacable vapeur pouvait seule y toucher.
Pour la fuir, sous tes flots tu n'as pu te cacher.
Elle approche, elle gronde, et franchissant la dune,
Sous un pont gigantesque opprime ta lagune.
Sur ces eaux qu'effleurait l'agile gondolier,
Entends les lourds vagons avec fracas rouler.
On entre donc chez toi comme on entre à Pontoise,
En passant la lagune ainsi qu'on passe l'Oise ?

Ton abord était gai, merveilleux, sans égal ,
La vapeur te le fait maussade et trivial.
Tu ne reverras plus l'élégante gondole ,
De tes beaux jours passés souvenir et symbole ,
Et tes légers rameurs devenus cantonniers
Ne te chanteront plus Renaud et ses guerriers !

Vous le voyez, messieurs , le vagon notre maître
Par ce coup éclatant se fait assez connaître.
Il entame Venise. Attendez : quelque jour ,
Rome, Naple et Florence auront aussi leur tour.

Dans ces temps glorieux où la France guerrière
Sur vingt peuples soumis étendait sa bannière,
Lorsque Napoléon dominant les hasards
Honorait de sa main la fille des Césars,
On conte qu'un savant, un homme humble et timide,
Subissant du héros le regard intrépide
Et pliant les genoux, lui révéla soudain
Un secret qui d'abord pâlit son front d'airain.
Ce génie inconnu, dans ses ardentes veilles
Sondant l'immensité des célestes merveilles ,
Avait rêvé qu'un jour au pouvoir des humains
Il soumettrait ce feu que Dieu tient dans ses mains ;
Que la vapeur, la foudre à son gré comprimée
Donnerait à son bras la force d'une armée.

L'empereur l'écouta, sombre, indécis, troublé,
Se recueillit longtemps après qu'il eut parlé,
Puis, le congédiant, dit : « C'est une chimère. »
Et l'homme alla chercher dans un autre hémisphère,
Aux bords américains, ces hardis novateurs
Qui livrèrent leurs nefs à ses puissants moteurs.
Lorsque sur l'Océan, aux rives des deux mondes,
Les feux qu'il alluma sillonnèrent les ondes,
Quand on vit des vaisseaux guidés par la vapeur,
On rappela ce fait, et l'on dit : « L'empereur
Dédaigna follement ce qu'il ne put comprendre. »
De ce blâme aujourd'hui je prétends le défendre.
Il n'aurait pas compris ! lui ! le grand empereur ?
Lui, l'homme au regard d'aigle, à l'esprit créateur ?
Il avait tout compris, mais son intelligence
Plus loin que l'inventeur porta la prévoyance.
Il aperçut les maux qui devaient résulter
D'une force qui sert, mais qu'on ne peut dompter.
Il vit l'homme abuser de son terrible esclave,
Et sondant l'avenir, il eut peur... lui, si brave !

L'Arioste nous conte en son livre divin
Qu'aux temps où les guerriers affrontant le destin
De la poudre enflammée ignoraient la puissance,
Roland, dont il nous peint l'indomptable vaillance,
Combattant, terrassant un chevalier félon,

Lui prit avec la vie un fer creux, noir et long,
Un informe fusil qu'animait le salpêtre.
D'un funeste secret Roland était seul maître.
Il eût pu s'en servir ; mais son cœur généreux
D'un facile triomphe eût été trop honteux.
Il prévit les malheurs que cette arme terrible
Préparait aux mortels dans une lutte horrible.
Il la vit dans les mains d'un lâche meurtrier
Renverser aisément le plus noble guerrier.
Il maudit l'instrument du carnage et du crime
Et courut frémissant le jeter dans l'abîme.

Roland ! Napoléon !... ils espéraient tous deux
Dérober aux humains des secrets dangereux.
Mais dans la folle ardeur qui toujours le dévore,
L'homme sait retrouver la boîte de Pandore ;
Et pressé de l'ouvrir, s'entoure de fléaux,
De plaisirs décevants et de périls nouveaux.
Poursuivez donc, mortels, vos essais redoutables,
Promenez en tous lieux ces volcans formidables ;
Il le faut. L'univers, tel est l'arrêt de Dieu,
Jadis sauvé des eaux, périra par le feu !

www.ingramcontent.com/pod-product-compliance
Lightning Source LLC
LaVergne TN
LVHW010107060726
842524LV00006B/2364